ENTRETIEN

DE CHARLEMAGNE

ET

DU SÉNATEUR TRONCHET,

DANS L'ÉLYSÉE,

SUR L'ÉTAT ACTUEL DE LA FRANCE, ET SUR LE RÉTABLISSEMENT
DE L'UNIVERSITÉ.

Par M. CROUZET, Membre de la Légion d'honneur, Associé de
l'Institut national, et de la Société d'Agriculture de Calais, ancien
Professeur de Rhétorique, et Principal dans l'Université de Paris,
Directeur des Etudes du Prytanée militaire français.

A PARIS,

CHEZ FIRMIN DIDOT, IMPRIMEUR-LIBRAIRE,

ET GRAVEUR DE L'IMPRIMERIE IMPÉRIALE,

RUE DE THIONVILLE, N° 10.

1806.

AVERTISSEMENT.

L<small>E</small> rétablissement de l'U<small>NIVERSITÉ</small> fondée par Charlemagne, sera dans l'histoire une des époques mémorables du regne immortel de N<small>APOLÉON</small> premier.

L'auteur a cru devoir se servir de la langue latine, en parlant de la renaissance des bonnes études, dont elle fait essentiellement partie, et d'un corps savant, qui l'a fait refleurir pendant près de dix siecles avec tant de succès.

Il a traité le même sujet en français, sans s'asservir à une traduction littérale.

COLLOQUIUM

APUD ELYSIOS MANES

INTER

CAROLUM MAGNUM

ET CONSULTISSIMUM VIRUM

TRONCHET.

Magnus ab integro sæclorum nascitur ordo.
. . . .
Virg. Buc. Ecl. ive.

Legum ille interpres, lux temporis inclyta nostri,
Quem desideriis et acerbo squalida luctu
Curia complorat, cui Gallia tota parentans
Persolvit mœstâ solemnia funera pompâ,
Qui non destituit miserum sub judice regem,
Nec sibi pertimuit sceleratam accire securim,
Ut fortunatas sedes, æterna vireta,
Et sacrum Elysii venit nemus, omnis amicâ
Fronte salutavit venientem turba piorum
Qui populis artes, moresque et jura dedêrunt;
Sed memor imprimis regum chorus assurrexit.
Quos inter Carolus, meritis quàm nomine major,

ENTRETIEN

DE CHARLEMAGNE

ET

DU SÉNATEUR TRONCHET.

Un nouveau monde vient d'éclore.
J. B. Rousseau. Liv. II, Ode Ire.

Quand la parque eut frappé ce magistrat, ce sage,
Que pleure des français l'auguste aréopage,
Cet oracle des lois, dont la patrie en deuil
Au temple de mémoire a suivi le cercueil,
Qui, dans l'effroi public, orateur intrépide,
Suspendit un moment la hache régicide,
Et, fidele sujet, osa, pour l'arrêter,
A côté de son roi, lui-même l'affronter ;
Quand ce mortel, comblé de nos justes hommages,
Eut passé de la tombe aux fortunés rivages
Qu'habitent des humains les sages bienfaiteurs,
De nos arts, de nos lois illustres créateurs ;
Soudain, pour l'accueillir, leurs ombres s'avancerent,
Et les fiers potentats devant lui se leverent.

Charles, qui toujours grand, même dans ce séjour
Marche entouré de rois, qui composent sa cour,

Daigne le saluer, et lui tient ce langage :
Français, de qui l'Europe admira le courage,
Un bruit, qui m'a paru digne à peine de foi,
Du séjour des vivants est venu jusqu'à moi.
Un héros, m'a-t-on dit, arbitre de la terre,
Qui dirige à son gré les foudres de la guerre,
S'est armé de mon glaive, et, seul de tous vos rois,
Du sceptre d'Occident a soutenu le poids.
L'Ibere, le Germain, le Maure, le Sarmate,
Ceux qui boivent le Tibre, et le Nil, et l'Euphrate,
Tous enfin, racontant ses faits prodigieux,
Du bruit de sa valeur font retentir ces lieux.
L'Anglais, malgré sa haine et sa jalouse rage,
Y joint de son aveu l'éclatant témoignage ;
Ce ministre sur-tout, vain appui d'Albion,
Dont la gloire a pâli devant NAPOLÉON,
L'honore, en frémissant, d'un éloge farouche,
Et ce terrible nom s'échappe de sa bouche.
Toi qui vis ce grand homme, et sus apprécier
Ce qu'il fit pour la France et pour le monde entier,
Magistrat vertueux, dis moi si je puis croire
Qu'en effet ses exploits aient égalé ma gloire,
Si de mon vaste empire après moi retranchés
Les rameaux à leur tronc par lui sont rattachés.
Parle sans crainte : ah ! loin de lui porter envie
J'applaudis ses hauts faits, et je m'en glorifie,
J'admire, je chéris mon digne successeur ;
Je le dois : mon rival est aussi mon vengeur.

Qui regit imperio regales maximus umbras,
Ore prior blando : Vir consultissime, dixit,
Jamdudum manes venit mihi fama sub imos
Surrexisse virum, ingenioque armisque potentem,
Nostrum qui solus non impar sustulit ensem,
Et mea sceptra meis jam vindicat integra Gallis.
Hoc mihi Germani referunt, hoc Maurus et Indi,
Hoc mihi sarmaticæ gentes, hoc narrat Iberus,
Et pelusiaco descendens umbra Canopo,
Et quæcumque animæ e cunctis regionibus adsunt.
Hoc ipse indignans immurmurat ore Britannus,
Ille autem imprimis stygia quem cernis in ora
Secum incedentem, qui Gallos usque paternis
Assuetus vexare odiis, iisdemque ciere
Venales inimicitias pretiosaque bella,
Napoleona iterat mirabundusque fremensque.

Non equidem invideo, miror magis, et mihi plaudo,
Quandoquidem immensis quæcumque laboribus empta
Possedi, quæ progenies indigna remisit
E molli dilapsa manu, dum laudis avitæ
Grande recusat onus, vecordi tradita somno,
Quæ non alterius stirpis longissimus ordo,
(Nam prius Henricum, fata, impia fata, tulistis,)
Per tantam ætatum seriem reparaverat, ille
Post aliquot menses virtute subacta recepit.

Sed tamen hoc narrat diversis turba loquelis,
Quæ vaga longinquæ relegit miracula famæ.
Tu sapiens, longoque senex exercitus usu,
Tu qui testis eras, qui falli aut fallere nescis,
Dic, quæso, nùm vera ferant, nùm Gallia rursus
Victrix atque potens antiquo limite constet,
Nùm mihi contigerit rerum dignissimus hæres.

Tùm senior pronus : Regum clarissime, dixit,
È superis tam certa tibi quàm magna feruntur,
Ni tamen ipsa minor fama est ingentibus ausis.
Jam patet hinc illinc a Napoleone redemptum,
Quâ patuit, cum te floreret principe regnum.
Quinetiam fidos circumdedit undique reges,
Fratresque et populos æterno fœdere junctos,
Grande satellitium, et magnæ munimina gentis.
Gallica jam plenâ majestas luce refulget.
Sed quibus è tenebris, quàm nocte educta profundâ!
Quàm fuit instanti rerum in discrimine! quantus,
O quantus patuit tibi, navis publica, gurges!
Jam proclamatum fuerat prope : Gallia nulla est!
Jam comploratum funus; propriisque lacertis
Ipsa sibi nudum lacerabat Gallia pectus.
Ingruerant avidi cunctis è partibus hostes.
At ferus imprimis rabie exultabat ovanti
Pardus, et impatiens spoliis inhiabat opimis.

Le prix de mes travaux, le prix de ma vaillance,
De mes nobles sueurs, du plus beau sang de France,
Que mes lâches enfants, indignes souverains,
Laisserent échapper de leurs débiles mains;
Que de l'heureux Capet la tige florissante
Et dans ses rejettons sans cesse renaissante,
En dix siecles entiers ne put reconquérir;
Lui seul, en moins d'un lustre, a su le ressaisir.
— Non, de ces grands exploits vos oreilles frappées,
Par des bruits fabuleux n'ont point été trompées,
Ce héros en effet a vengé votre nom.
Sous le regne immortel du grand NAPOLÉON
La France a recouvré ses immenses frontieres;
Et ces fleuves lointains, nos antiques barrieres,
Ont reconnu leur maître, et coulent sous ses lois.
Bien plus, à leur défense il a commis des rois,
Ses freres, ses amis, ses alliés fideles,
D'un peuple triomphant superbes sentinelles.
Mais de quel sort fatal il t'a su délivrer,
De quel profond abîme il t'a fallu tirer,
Vaisseau de ma patrie! ô ciel! quelle tempête
Vint assaillir tes flancs et fondre sur ta tête!
Ton mât est renversé, tes cordages rompus;
Encore un flot, hélas! ô France! et tu n'es plus!
Déja le Léopard, dans sa féroce joie,
Rugit d'impatience et demande sa proie;
D'avides étrangers accourant à grands cris,
Disputent ta dépouille, arrachent tes débris,

Et tes propres enfants, hâtant tes funérailles,
D'une main parricide entr'ouvrent tes entrailles.
C'en était fait : la France alors tournant les yeux
Vers ce fleuve où jadis un roi religieux,
Captif, à ses genoux vit tomber l'infidele,
Y cherche son vengeur, l'implore et le rappelle.
Ah ! qu'es-tu devenu ? Je n'ai plus de soutiens,
Reviens, Napoléon ; Napoléon, reviens !
Sauve-moi. Le héros l'entend ; il fend les ondes ;
Les ennemis, les vents, les flots des mers profondes,
Rien ne peut l'arrêter ; il arrive, et soudain
Tendant à la patrie une invincible main,
La releve, lui rend et sa force et sa gloire,
Et d'un bras indigné sur le char de victoire
Fièrement la replace : il commande ; à sa voix,
La fortune tremblante, et soumise à ses lois,
Lui vient, en s'excusant, rapporter ses conquêtes,
Partout, dans nos cités, change le deuil en fêtes,
Chez nos fiers ennemis repousse les terreurs,
Les revers, la discorde, et la honte, et les pleurs.
C'est en vain qu'Albion de ses sombres rivages
A sur le continent déchaîné les orages,
A soufflé ses fureurs à cent peuples divers,
Et dans son désespoir ébranlé l'univers ;
De tous ses attentats instruments et victimes,
Ses aveugles amis ont expié ses crimes.
Que peuvent en effet ses sinistres complots,
Et son or corrupteur, et ses mille vaisseaux ?

Tum septemgemini respectans ostia Nili,

Ostia, quæ miseri veram Pharon orbis habebant,

Perdita clamavit morienti Patria voce;

O ubi Napoleo! quibus heu! deserta relinquor!

Napoleo, mea lux, tutela salusque tuorum,

Napoleo generose, redi. Pius ille vocanti

Per maris immensos tractus, ventosque minaces,

Atque per insidias omnes, sævosque Britannos

Astitit: afflictam relevat, membrisque suam vim

Afflat, et ad grandes redivivam exsuscitat ausus.

Nec mora, lætatur versis tua Gallia fatis:

Transfuga, præcipiti revolat victoria pennâ:

Iratumque virum metuens dominique minacis

Icta supercilio palmas Fortuna priores

Abjicere ante pedes trepidat; fuga, damna, pavorque

Et pudor, et luctus, et vulnera martis iniqui,

Ipsius ad nutum, attonitos vertuntur in hostes.

Necquicquam furiis accensa Britannia totum

Concutit oppositis agitans e finibus orbem;

Napoleo indomita cunctos virtute refringit

Assultus, aquilæque suæ pernicibus alis

Fulmen ab oceano securum mittit ad Istrum,

Et simul imperiis victor dat jura duobus.

Qualis hyperboreos motus, et Saxona sævum,

Quosque sinu tellus effuderat Afra gigantes,

Ille tuus, vindex Europæ totius, ensis
Perculit, et magnis albentes ossibus agros
Stravit, agens longè quodcumque superfuit iræ.

Illum etiam augusti reges, clarique tetrarchæ,
Et procerum generosa manus, comitantur ovantem;
Illum Rogerii audaces, invictaque bello
Pectora, Rollandi, per aperta pericla sequuntur,
Quorum quisque suis magni præit agminis instar,
Quorum nulla caret regio longinqua trophæis,
Scriptaque abyssinæ meminerunt nomina rupes.'
Vix duodenorum, duce te, manus illa virorum
Edidit attonitum miracula tanta per orbem.
Sentiet ipsa gravem, jam sentiet Anglia dextram,
Ambitione furens quamquàm porrexit avaras
Aequor in omne manus et solem tangit utrumque,
Et terram infestis premit insatiata lacertis.
Ultor adest; ea grata fides mortalibus ægris,
Napoleo magnus; tanto duce, et auspice tanto
Invictum nihil est, nihil insuperabile Gallis.

Scire cupit Princeps, an, cum præfulgeat armis,
Interiùs pariter sibi Gallia gaudeat æquis
Legibus. Ille refert: et in hâc quoque, maxime regum,
Aemulus arte tibi occurrit dignissimus. Olli
Sed quantò facies eheu! magis aspera rerum!
Tu nova jura dabas formandis gentibus apta,

L'aigle de ce monarque, armé de son tonnerre,
Plus prompt que la pensée, a parcouru la terre ;
L'œil à peine le suit dans son rapide élan :
Il s'abat sur l'Iller des bords de l'Océan ;
Lance sur Austerlitz la foudre dévorante ;
Et les flots du Volga tressaillent d'épouvante.
Tel Charles de l'Europe assurant le destin,
A jadis foudroyé l'insolent Sarrasin,
Dompté le fier Saxon, épouvanté l'Asie,
Des géants de l'Afrique a purgé l'Italie,
Et laissé, de sa gloire insignes monuments,
Blanchir dans nos guérêts d'énormes ossements.
  Ce héros, en puissance, en pompe vous égale,
Et sa cour de la vôtre est la digne rivale :
Il a ses paladins, ses Rolands, ses Rogers,
Toujours prêts à le suivre à la gloire, aux dangers :
Orgueilleux de marcher sous sa noble bannière,
Le moindre de ses preux vaut une armée entière,
Pour eux la Renommée occupe ses cent voix,
Et tout le continent est plein de leurs exploits.
Quels fleuves, quels remparts n'en attestent l'histoire ?
L'univers est pour eux un vaste champ de gloire.
Jamais vos chevaliers, vos braves compagnons
De lauriers si pompeux n'ont vu ceindre leurs fronts.
Qui pourrait arrêter ce monarque invincible !
Sous lui, pour les Français, il n'est rien d'impossible.
  — Je le crois, répliqua l'ombre auguste du roi ;
Tout en effet sous lui doit plier. Mais, dis-moi,

De splendeur couronnée, au-dehors triomphante,
La France est-elle heureuse autant qu'elle est puissante ?
Et le bras qui l'éleve a-t-il sur l'équité
Assis les fondements de sa félicité ?

— Prince, NAPOLÉON, votre émule fidele,
Dans l'art de gouverner vous choisit pour modele ;
Votre génie au sien a servi de flambeau.
Mais Charles fit des lois pour un peuple nouveau,
Dont l'oreille docile attendait ses oracles.
Combien NAPOLÉON eut à vaincre d'obstacles !
Combien il terrassa d'absurdes préjugés !
Dans quel affreux cahos nous étions replongés !
Thémis était en proie au stupide Vandale ;
Son temple n'était plus qu'un ténébreux dédale,
Où, sous l'amas confus des plus bisarres lois,
Étaient ensevelis la justice et les droits ;
Où triomphait l'audace, où siégeait l'ignorance,
Où le crime insolent ajournait l'innocence.
Et quel asyle alors restait à la vertu ?
Trône, autel, tribunal, tout était abattu.
NAPOLÉON paraît : Thémis reprend son glaive,
Plus pompeux, plus puissant, le trône se releve,
L'autel sort de sa cendre, et la Religion
De son libérateur bénit l'auguste nom.
Tout est changé : l'effroi rentre au sein du coupable,
Le remords le déchire et la honte l'accable.
Le faible est secouru, l'orphelin protégé,
Et du méchant enfin l'homme juste est vengé.

Mentis opus magnæ, seris memorabile sæclis:
Illi ingens, immane cahos, rerumque novarum
Extricanda fuit cæcâ farragine moles.
Scilicet humanæ divinis undique leges
Pugnabant, priscisque novæ, licitoque nefastum,
Virtutique scelus. Ruerant solium, ara, tribunal.
Afflictæ patriæ jam nulla columna manebat.
Tanta ruinarum quanto vertenda labore
Congeries fuit, ut sancti vestigia juris
Detegeret! Mox inde tamen pulcherrimus ordo
Extitit; eversis majestas reddita templis,
Justitiæ lances, sceptro reverentia, cuique
Jus, fortuna, salus, et opes et gloria genti.
Terror ab innocuis ad conscia corda reversus,
Et tandem claudo tetigit pede pœna scelestos.
Pectora corripuit laudum generosa cupido;
Moribus innatus nostris honor ille revixit,
Quem tibi turba comes summâ pietate colebat,
Quem sibi Franciscus, cum perderet omnia, dixit
Incolumem superesse, gravis solatia casûs;
Cujus in Henrici præfulsit vertice signum;
Unde bonus nunquàm vestigia firma retorsit
Labe metuque carens, fidei Bayardus equestris
Conspicuum exemplar Gallis, et amabile nomen.

2

Nec pars ulla manet curis regalibus expers.
Principis ingenium summis è rebus ad imas
Transilit, imperii totos vitale per artus
Funditur, ac celeri moderans agit omnia motu.
Quinetiàm certo libratas pondere gentes
Dividit, et solido religatas fœdere vincit.

    Hæc inter belli pacisque negotia tanta,
Ac tot præsentes curas, mens alta futurum
Prospicit, et serâ venturos prole nepotes
Protinus amplexans, nulli non consulit ævo.
Jamque serit fruges quas postera colligat ætas;
Semina virtutum juvenilibus injicit altè
Mentibus, ingenii præclaras promovet artes,
Quamque facem populis tum caligantibus ipse
Extuleras, quam nox et iniqui temporis atra
Infecit labes, dextrâ movet ille potenti
Acrior, et resides jubet incandescere flammas.
Nam fœcunda parens studiorum Academia, cujus
Præcipuo cultu cunabula sancta fovebas,
Quamque boni reges donis aluere paternis,
Ut fera barbaries studiis inimica recurrit,
Traxerat ipsa gravem, fato incumbente, ruinam.
Tum fuit urbanis vetitum sermonibus uti,
Tum græcè didicisse nefas, didicisse latinè,

L'honneur, le vieil honneur, si cher aux grandes ames;
Dans nos cœurs abattus vient rallumer ses flammes;
L'honneur, qui de François fut le dernier trésor,
Et, quand tout fut perdu, lui restant seul encor,
Consola dans ses fers ce prince magnanime,
L'honneur, vertu française et passion sublime,
Dont à ses compagnons le casque de Henri
Révélait le sentier dans les plaines d'Ivri;
L'honneur, dont fut jadis l'image la plus pure
Ce modeste héros, *l'orgueil* de la nature,
Vaillant, humain, loyal, sans reproche et sans peur;
De nos fiers chevaliers le modele et la fleur,
Bayard, dont le nom seul, qu'on admire et qu'on aime,
Sous les plus nobles traits nous peint la vertu même.

Ainsi que vous, grand Roi, votre auguste héritier
Voit tout dans son empire, et voit tout le premier.
Lui seul il en est l'ame, et son ardent génie
Le meut et le remplit de chaleur et de vie.
C'est peu de le régir; il s'élance au dehors;
Des plus puissants États il regle les ressorts,
Et sur le ferme appui d'une base profonde
S'efforce d'assurer l'équilibre du monde.

Cependant ce héros, pressé de tous les soins
Qu'exigent du présent les immenses besoins,
N'a point d'un siecle seul envisagé l'espace;
L'éternel avenir que sa pensée embrasse,
L'avenir, son domaine, est présent à ses yeux:
Il étend ses bienfaits sur nos derniers neveux,

Et, des âges futurs seconde providence,
Pour eux il fait fleurir les mœurs et la science :
Et, pour les cultiver, va renaître à sa voix
Cette UNIVERSITÉ, noble fille des rois,
Mere des arts, féconde en célebres gymnases,
Dont vos sages travaux ont cimenté les bases.
Hélas ! ce monument, cher à vos successeurs,
D'un siecle sacrilege éprouva les fureurs.
— Quoi ! dit Charle indigné, la barbare licence
N'a pas même épargné l'asyle de l'enfance ?
— Non, dit le Magistrat, rien ne fut révéré.
Tout fut détruit par elle, et ce flambeau sacré,
Qui, des murs de Paris, a sur l'Europe entiere
De ses feux bienfaisants répandu la lumiere,
Fut éteint sans respect par ses fatales mains.
Alors étaient proscrits ces langages divins,
Dont le nôtre a jadis recueilli l'héritage,
Qui d'abord ont poli sa rudesse sauvage,
De son accent moderne adouci l'âpreté;
Enhardi sa faiblesse et sa timidité,
Et par degrés enfin élevé son génie
Aux sublimes accords de l'antique harmonie.
Nos malheureux enfants en ignorent le prix.
On pense tout savoir quand on n'a rien appris :
Et bientôt la jeunesse à ses penchants livrée,
De futiles talents follement enivrée,
Affecta pour les arts qu'estimaient ses aieux,
D'un dédain effronté le ton présomptueux,

Èque solo veteri doctos diducere fontes,
Unde fluit plenis dives facundia rivis,
Quæ rigat arentes felici flumine linguas,
Quæ rigidas in molle melos mitescere cogit,
Quæ colit incomptas, opibus quæ ditat egentes.

Tùm malè consultum pueris; fidensque juventus,
Quòd nihil edidicit, se credidit omnia scire,
Et studii veteris desuetum aversa saporem
Respuit, ac dulces sub amaro cortice fructus
Præteriit demens, Graiamque Italamque camœnam
Argutosque sales salibus perstrinxit ineptis.

At Princeps, cui certa sedet sententia menti,
Ut sine vi pateant aditus ad publica nulli
Munera, cui colitur duplici sub nomine Pallas,
Artium et armorum Pallas dea, dura juventæ
Esse rudimenta, et pretium virtutis in alto
Stare loco voluit, forti doctoque parandum.
Sed cura imprimis morum regalia tangit
Magni corda viri; scit moribus ille severis
Fulciri leges, florescere regna, vigere
Audaces animos, validas adolescere mentes,
Institui genus acre virûm, vegetosque nepotes.
Providus ergo tuas properat reserare palæstras,
Morum custodes et relligionis avitæ,

Quò pater ad veteres, quos audiit ipse, magistros
A teneris misit dulcem securus alumnum;
Unde tot antiquo pénitùs sermone madentes
Surrexisse viros mirata est Gallia, quorum
Nunc etiam multi, nostræ clarissima gentis
Lumina, præfulgent, supremaque culmina rerum,
Consiliumque, forumque tenent, sanctumque senatum.
Non illis certamen erat quis mollia membra
Rectius ad lepidam saltandi fingeret artem;
Sed quis doctrinâ melior', quis moribus esset.
Non contemptu illis risuque excepta procaci,
Canitie sanctâ et rugis veneranda vetustas;
Hanc audire, sequi, cultu observare perenni,
Sæpe retractare exemplaria prisca, fidelem
Exprimere hinc speciem, veterumque movere calentes
Aetatum cineres, et sacro incendier igne.
Auspiciis sic digna tuis Academia felix
Crevit in immensum, et regali dote superba
Gymnasiisque frequens, examina docta quotannis
Effudit gremio, nutrix generosa, feraci.
Nempe domos celebres tua semper fovit imago
Ingeniis adhibens stimulos. Hîc annua festa
Rite recurrebant, studiosæ grata juventæ,
Quæ templis affusa sacris tibi debita vota.

Et notre ancien respect pour la docte Italie,
Par elle fut traité de vieille idolâtrie.

Mais dans l'art du héros, dès ses plus jeunes ans,
Ce grand homme formé par des maîtres savants,
Voulut que des honneurs la route fût pénible,
Et pour l'homme ignorant devînt inaccessible ;
Que le travail l'ouvrît, et qu'enfin le savoir
Seul de la parcourir osât former l'espoir.
Il va les repeupler ces écoles séveres,
D'enfants laborieux fécondes pépinieres,
Où sans cesse exercés et l'esprit et le cœur
Recevaient du sol même une mâle vigueur.
Il va vous relever, murs orgueilleux encore
Des éleves fameux, dont le nom vous honore !
Dont le reste aujourd'hui, de votre ancien éclat
Illustre le Barreau, les Conseils, le Sénat.
Là, d'un travail constant la précoce habitude
Leur avait révélé le pouvoir de l'étude.
Là, sous d'austeres lois, et dans l'ombre élevés,
Aux sources du bon goût ils s'étaient abreuvés ;
Là, de l'antiquité ces disciples fideles,
Sans cesse contemplant leurs illustres modeles,
A l'envi s'excitaient à se former sur eux.
C'est par leur zele enfin que des siecles fameux
La France interrogeant la cendre encor brûlante,
Ralluma sous Louis leur flamme étincelante.

Ainsi ce corps savant, qui vous doit son berceau,
Qui depuis à François dut un éclat nouveau,

Nourrit ce feu sacré, trésor héréditaire,
Dont votre auguste main le fit dépositaire,
Et, de vos sages lois sévère observateur,
Par d'éclatants succès paya son fondateur.
Tous les ans votre fête à l'ardente jeunesse
Y donnait le signal d'une sainte allégresse ;
Et dès l'aube assemblés, en ce jour solemnel,
Les enfants bénissaient votre nom paternel.
Ils vont être doublés dans les cœurs de l'enfance
Ces doux tributs d'amour et de reconnaissance,
Sa juste piété pour son nouveau patron
Joindra les noms de CHARLE et de NAPOLÉON.
NAPOLÉON vous rend vos antiques hommages,
Et grand, a d'un grand roi relevé les ouvrages.
Il les augmente encore, et tous vos monuments,
Ont à ses grands desseins servi de fondements.
Il rendra leurs beaux jours à ces maisons célebres,
D'où jadis la clarté jaillit dans les ténebres.
Il a deja r'ouvert cette lice des arts,
Ces combats innocents, où triompha Villars :
Ce cirque solennel, cette arêne de gloire,
Où cent rivaux choisis disputant la victoire,
Des Gymnases divers généreux bataillons,
Brûlaient de signaler leurs doctes pavillons ;
Où, rangée au sommet d'un vaste amphithéâtre,
De succès et d'honneurs la jeunesse idolâtre,
Fixait des spectateurs les regards curieux,
Et dévorait ces prix étalés à ses yeux,

Solemnesque pio solvebat pectore laudes.

Tum quisquis docto certamine victor alumnus

Ibat, apollineâ redimitus tempora lauro ,

Te patrem , peragens convivia læta , canebat.

Nunc geminum memori celebrabit voce parentem :

Nomina jam Caroli , jam Napoleonis amore

Consecrata pari , cultu jungentur eodem.

Scilicet hic Magno Magnus sua jura rependit ,

Amplificatque tuum miris opus incrementis.

Namque refulgebunt majori laude cathedræ

Atque scholæ insignes , in quas migrârat Athenis

Ingenuus Româque lepos , rursumque patebit

Concursu ingenti stadium , quò missa juventus

Diversis è gymnasiis , lectissima turba,

Innocuæ miranda dabat spectacula pugnæ.

Cùm trepidis tandem votis optata redibat

Illa dies , quâ conspicuos Academia mater

Cingebat lauro pugiles , cùm gymnica turba ,

Ordine præscripto , sublimibus alta theatris ,

Oppositas imitans animisque situque phalanges ,

Aede sub ingenti compleverat anxia castra ;

O quàm sollicitus quatiebat anhelitus ora ,

Arrectosque animos atque exultantia corda

Pulsabat pavor , ut fatalis nomina præco

Protulit assurgens jam declaranda. Siletur
Undique. Tùm cuneis laquearia clamor ad alta
Tollitur ; at victæ, demissâ fronte, cohortes
Conticuêre : manu traduntur ad oscula parvi
Certatim pugiles , submittunturque coronis.
Elidis ad campos vix tot certamina, tantos
Vix animorum æstus incendit olympica palma.
Vix tanto plausu repetebat Graia juventus
Lætantem patriam , curruque invecta superbo
Intrabat celsam, patefactis mœnibus, urbem.

    Astiterant, pueris carissima nomina, manes.
Et præ lætitiâ pia fletibus ora rigabant;
Quos inter Lhomondus erat , cui candida morum
Simplicitas, ingens doctrina , modestia major,
Maxima relligio ; dextrâ qui fidus amicâ
Nitentes pueros elementa per aspera duxit,
Discendique levavit onus , pariterque docendi.
Viderat ille tuos, miseranda Academia, casus,
Et tua perpetuo deflebat funera luctu.
Te simul audivit fato majore renasci,
Sic læto memores effudit pectore sensus :
Ergo licebit adhuc colles habitare latinos,
Desertasque domos puerilis turba reviset,
Unde pios mores doctrinarumque salubre

Ces prix, dont l'appareil, objet d'impatience,
La faisait palpiter de crainte et d'espérance.
Quels avides soupirs sortaient du fond des cœurs,
A l'aspect du héraut qui nommait les vainqueurs!
Quel silence inquiet suspendait leur haleine,
Et quel frémissement courait de veine en veine!
Non, dans les champs d'Elis n'a jamais éclaté
Tant d'ardeur, de courage et de rivalité:
Jamais dans ces combats que nous vante la Grece,
D'un peuple ami des arts la superbe jeunesse
N'a vu de tant d'honneurs couronner ses efforts,
Et n'a fait admirer de si nobles transports.

   Charlemagne avec joie entendait ce langage;
A ces touchants récits les amis du jeune âge,
Qui sans cesse, occupés de soins affectueux,
Ont consumé pour lui des jours laborieux,
Laissaient couler des pleurs de joie et de tendresse,
Et de NAPOLÉON bénissaient la sagesse.
Le vertueux Lebeau pour lui demande aux cieux
Des ans égaux en nombre à ses faits merveilleux.
Pour lui l'humble Lhomond fait éclater son zele,
Lhomond qui, des enfants guide simple et fidele,
Amassa les trésors d'un modeste labeur
Pour cet âge innocent, dont il eut la candeur;
Et prit soin d'écarter, d'une main complaisante,
Des premiers éléments l'épine rebutante.
Rollin, qui, des anciens savant admirateur,
Fut de l'art d'enseigner le vrai législateur;

Dans les pieux transports de sa reconnaissance,
S'écrie : ah ! béni soit le sauveur de la France,
Qui d'un peuple accablé vint essuyer les pleurs,
Qui va régénérer et les arts et les mœurs.
Veille sur lui, grand Dieu ! pour le bonheur du monde,
Que dans tous ses projets ta faveur le seconde,
Que le siecle naissant s'acheve sous ses yeux,
Et qu'il efface en tout ce siecle glorieux,
Où la palme des Arts, à la France si chere,
Prêtait un nouveau lustre à la palme guerriere.
Où Le Poussin, Pascal, Bossuet, Fénélon,
Au grand nom de Turenne associaient leur nom.
Poursuis, NAPOLÉON, fais encor un miracle,
Étonne l'univers par un nouveau spectacle,
Tu créas des Vaubans, tu fis des Catinats ;
Eh ! pourquoi les Français ne reverraient-ils pas
Corneille, Despréaux, Racine, reparaître ?
Tu peux ce que tu veux, commande, ils vont renaître.

Flumen inexhaustæ nutricis ab ubere ducat!

Tum qui jura dedit pueris, ipsisque magistris

Quos longè superat meritis insignibus omnes

Rollinus sapiens : Nostris, ait, annue votis,

Alme Deus, patriæ stantem tutare columnam ;

Fata viro tàm longa, precor, quàm magna repende ;

Ille suum peragat, te felix auspice, sæclum,

Et magni vincat Lodoicis splendida regna

Artibus, eloquio, scriptis, nam cætera vicit.

Scilicet hoc unum superest, hanc annue laudem.

Eia, age, Napoleo, nullâ te parte minorem

Esse velis ; quidquid voluisti hùcusque, peractum est.

Te duce Vaubanos, Catinatos te duce vidit

Gallia surgentes, non inferioribus armis.

Racinios jubeas, Fenelonas surgere, surgent.

Canebat Petrus Crouzet.